Moderato Cantabile

FichesdeLecture.com

Moderato Cantabile
(Fiche de lecture)

I. INTRODUCTION

Moderato cantabile qui signifie « Modéré et chantant » est un roman de 150 pages de Marguerite Duras, publié en 1958. Le « moderato cantabile » du titre dédié à Gérard Jarlot est trompeur : c'est une histoire de passion. *Moderato cantabile* marque l'aboutissement pour Marguerite Duras d'un art romanesque marqué par l'intériorité des êtres soumis à la fatalité de la passion amoureuse. L'auteur emploie des apparences banales et une grande économie de langage, ce roman est complexe, ambigu. À l'instar *d'Hiroshima mon amour*, écrit à la même époque, il y a deux volets : le quotidien le plus banal et la tragédie.

II. RÉSUMÉ

Le roman commence par une leçon de piano, le professeur Mlle Giraud ne cesse de répéter à son élève, un enfant : « moderato cantabile ». La mère de l'élève, Anne Desbaresdes assiste également à la leçon qui a lieu tous les vendredis. Le professeur reproche à la mère son mode d'éducation. Elle voudrait qu'elle impose la loi et la volonté de l'adulte à son enfant. Tout à coup, on entend un cri dans la rue. Après la leçon Anne tente de se renseigner à propos du cri. Elle apprend qu'un homme a tué une femme. Devant le café du port, lieu de l'homicide, elle voit l'assassin qui embrasse avec passion le corps de la femme qu'il a tuée en murmurant « mon amour, mon amour », puis elle assiste à son départ dans la voiture de la police.

Cet événement attise la curiosité d'AZnne. Le lendemain, elle se rend au café du port accompagnée de son enfant. Elle parle avec la patronne du café et un inconnu, Chauvin intervient dans la conversation. Ils commencent alors à parler du crime en buvant du vin. Au cours de la conversation, on devine que Chauvin connait déjà Anne. Avant de se quitter, il l'invite Anne à revenir au café. Au fur et à mesure de leurs rencontres, jour après jour, ils parlent du crime, du cri poussé par la femme au moment de sa mort. Il lui apprend que l'assassin était épris de cette femme, et qu'elle lui avait demandé de la tuer et qu'il est depuis devenu fou de douleur. Ils ne cessent d'imaginer des hypothèses autour de ce crime, ils sont fascinés par ce geste qu'ils n'arrivent pas à expliquer, leurs rencontres se déroulent toujours dans le même café autour de verres de vin. Ils se posent des questions : l'homme a-t-il tué la femme qu'il aimait parce qu'elle le lui demandait ? Peut-on tuer par amour ? N'y avait-il pas d'autre issue à leur amour ? Anne ne semble vivre que pour cette histoire et croit y étancher sa soif d'absolu. Elle apprend la femme tuée allait tous les soirs au café et était souvent ivre.

On sent que cette enquête devient peu à peu un jeu dangereux. Entre eux naît une relation étrange. Chauvin révèle son identité, c'est un ancien ouvrier des Fonderies, desquelles le mari d'Anne est directeur, il a été renvoyé pour indiscipline. Cet aveu renforce leur complicité. Une semaine après le meurtre lors du cours de piano l'enfant est rétif comme la première fois et Anne semble s'accommoder de l'attitude de son fils. M.lle Giraud se fâche et reproche à Anne sa mauvaise influence sur l'enfant et lui annonce qu'il serait préférable qu'elle n'assiste plus aux leçons de piano. Après la leçon, Anne retrouve Chauvin au café, elle lui confie son état d'insatisfaction et son besoin de s'évader. Anne calque sa vie sur le destin de la victime à laquelle elle s'identifie de plus en plus, elle envie l'amour qu'a connu la femme assassinée et boit de plus en plus. Elle devient une autre femme qui échappe à la société et à son mari qui est indifférent. Un soir, elle a oublié qu'il y a un dîner de quinze couverts chez elle. Les invités l'attendent, font des suppositions au sujet de son retard. La soirée est médiocre, il n'y a aucune conversation et Anne boit de plus en plus, ivre, un malaise s'installe entre elle et les invités. Pendant ce temps, Chauvin rôde autour de la maison, guette les lumières, erre sur la plage, il voudrait Anne et Anne aussi est prise par le désir de cet homme qu'elle ne connaît pas du tout. La réception se termine. Anne monte dans la chambre de son enfant et ne peut pas éviter de vomir.

Le surlendemain de cette soirée, Anne se rend sans son enfant, au rendez-vous quotidien dans le café. Pendant une seule seconde, elle offre ses lèvres à Chauvin et leurs mains se joignent. Leur amour est consommé ils achèvent leur histoire par une mort symbolique : « Je voudrais que vous soyez morte, dit Chauvin. C'est fait, dit Anne Desbaresdes ».

III. ANALYSE DES PERSONNAGES

Anne Desbaresdes

Anne est une jeune femme blonde, mariée depuis 10 ans au directeur d'Import Export et des Fonderies de la Côte qui vit dans une petite ville française du bord de la mer, non identifiée. C'est une mère aimante qui semble mener une vie tranquille de province, mais un meurtre va la bousculer dans ses habitudes. Elle se promène tous les jours avec son enfant dont elle est fière et admirative, mais très indulgente. Elle l'accompagne à des leçons de piano pour qu'ils aient tous les deux un but que par véritable amour pour la musique. La mère et le fils se moquent des remarques incessantes de la professeure. Au fur et à mesure du roman, elle se confie et on découvre que c'est une femme insatisfaite, elle s'ennuie de cette vie bourgeoise où rien ne se passe. D'un côté, elle aime que son enfant s'oppose l'autoritarisme du professeur de piano. D'un autre côté, elle ne pas comment s'y prendre pour lui faire aimer ces leçons et lui faire accepter la nécessité d'obéir. Avec le meurtre d'une femme, elle va sortir de sa coquille et échafauder des théories quant aux raisons de ce crime et va calquer sa vie sur celle de la victime espérant ainsi connaître un amour passionnel.

Chauvin

Ancien ouvrier du mari d'Anne, il a été renvoyé pour indiscipline. Il connaît beaucoup de choses sur Anne, il sait qu'elle vit dans une grande maison à l'extrémité du Boulevard de la mer en effet il a été reçu à une fête de Noël avec les autres ouvriers, il sait où se trouve sa chambre. Il amène Anne à se confier à lui, avec lui elle parle beaucoup en buvant. Leur relation est alimentée d'une part par leur fascination face au meurtre qui a été commis puis leurs liens se resserrent lorsqu'Anne apprend qu'il s'est fait renvoyer par son mari, car elle n'est pas heureuse dans son mariage qu'elle associe à une prison.

On peut penser que ce couple se lie pour de mauvaises raisons et qu'il ne pourra donc survivre à la fin du roman.

Mademoiselle Giraud

Elle est le professeur de piano de l'enfant d'Anne. C'est une femme autoritaire, revêche et obstinée dans sa volonté de faire changer Anne de mode d'éducation de son enfant.

L'enfant d'Anne

Il a dix ans, suit des leçons de piano et est incapable d'obéir. Joueur et solitaire il aime l'activité du port, les bateaux et leurs mouvements. Il aime sa mère et a toujours besoin d'être rassuré par sa présence, il se conduit avec elle, en « petit homme ». Il n'aime pas les leçons de piano répétitives et ennuyeuses alors qu'il réussit très bien quand il accepte la consigne. Conscient de l'amour que lui porte sa mère, il est son complice lors de ses escapades au café du port.

IV. AXES D'ANALYSE

Le style de Duras

En 1956, Marguerite Duras rencontre Gérard Jarlot, journaliste de métier qui l'amènera à boire et à effectuer un tournant dans sa création. À partir de ce moment précis elle met en valeur la distanciation par rapport au sujet, et privilégie les allusions au détriment des descriptions, le non-dit par rapport aux détails. Elle s'éloigne ainsi du Nouveau Roman auquel elle refuse d'être assimilée. Elle écrit des œuvres en apparence statiques où les héroïnes vivent « sans savoir pourquoi, attendent que quelque chose sorte du monde et vienne à elles » décident d'échapper à la solitude pour donner un sens à leur vie par l'amour absolu, le crime ou la folie.

L'auteur s'est d'ailleurs occupé de son fils, Outa pendant un an : « J'ai vécu un énorme bouleversement dans ma vie quand mon fils, qui était très doué pour la musique, a appris le piano. Pendant un an, je n'ai pas écrit, je n'ai fait que ça : l'accompagner à ses leçons de piano et lui faire faire des exercices. »

Duras met en valeur le rôle que le destin des autres peut influencer notre propre vie. « Aimer et désirer jusqu'à vouloir mourir » n'est pas une réalité qu'on explique, mais une expérience qu'on ne peut comprendre qu'en la vivant. La solitude et l'absence triomphent à la fin du roman. Elle ne raconte pas ce qui se passe, le lecteur ne sait pas, s'interroge, peut être qu'il ne se passe rien. Le crime n'est décrit qu'à travers la fascination qu'il exerce sur Chauvin et Anne. Ils n'ont pourtant pas été les témoins du meurtre, ils ne font qu'inventer ce qui s'est passé. On a l'impression qu'une mystérieuse rêverie les possède désormais. Que vont-ils découvrir ? Que vont-ils faire ?

Toute l'action est suspendue dans l'attente d'un évènement qui ne vient pas.

La relation de Chauvin et Anne : de la fascination de la mort à l'ivresse

Chaque jour, Chauvin et Anne boivent un peu plus de vin blanc, ce que leur entourage désapprouve : pourquoi cette bourgeoise vient-elle s'encanailler avec cet homme, laissant son fils jouer sur le port ? Tout les oppose, elle vient d'un milieu riche et appartient à la bourgeoisie locale, elle est mariée au directeur des fonderies, mais elle s'ennuie dans cette vie bien tranquille. Chauvin est un ancien ouvrier des fonderies, il passe ses journées au café du port. Malgré tout, ils se comprennent et une relation ambigüe nait entre eux. En buvant du vin, ils ne font que spéculer sur ce qu'il y a eu entre cette femme et son amant et comment ils en sont arrivés au meurtre.

Peu à peu, l'histoire personnelle d'Anne se calque sur le destin de la victime à laquelle elle s'identifie de plus en plus, devenant la femme assassinée par amour. Anne rêve de vivre cet amour passionnel, elle va d'ailleurs tout faire pour ressembler à cette femme et connaître un amour impossible.

En effet, Anne apprend que la femme tuée était une habituée du café du port et qu'elle était souvent ivre. À travers l'alcool, Anne échappe à sa vie qu'elle déteste et se détache des barrières sociales que son mari lui impose. Elle boit de plus en plus, et passe toujours plus de temps avec Chauvin au détriment de son fils. Mais c'est assez paradoxal, car en se rendant au café du port elle sort de sa « prison », mais elle s'y rend toujours avec son fils, comme si elle ne pouvait pas totalement abandonner son milieu et s'abandonner à Chauvin.

Sa liaison avec Chauvin la transforme, elle devient une femme ivre qui traine dans le café du port, laisse son fils jouer sur le port, elle échappe à son milieu social qu'elle déteste tant. Elle rentre de plus en plus tard chez elle et un soir alors que son mari a organisé un dîner chez eux, elle oublie et arrive chez elle après ses invités dont déjà éméchée. Il ne remplit pas son rôle d'hôtesse et ne cesse de boire durant le dîner. Elle sait que Chauvin est dans les parages à les épier, plus elle boit, plus elle s'enivre et désire être avec cet homme dont elle ne sait rien. Seule leur relation lui permet d'échapper à sa vie qu'elle déteste, seul Chauvin semble comprendre ce dont elle a besoin. Elle échappe à son mari, à ses invités, à ses obligations, à son milieu. Elle se réfugie dans la chambre de son enfant et ne peut se retenir de vomir.

L'amour entre Anne et Chauvin est un amour caché. Ils vivent un adultère qui ne se réalise pas complètement. Le lecteur est dans l'attente de la concrétisation de cette relation.

L'attente et l'ennui

Ces thèmes sont chers à Duras : attente d'un possible événement, ennui d'Anne dans la vie qu'elle mène, elle attend de vivre un amour passionnel, impossible. Le couple Anne-Chauvin est en fait enfermé sur lui même, dans leur bulle, ils s'évadent, mais ils se consument eux-mêmes, ne sachant pas réellement ce qu'ils cherchent ni où va les mener cette liaison.

L'alcoolisme et la fascination de la mort les rapprochent, mais vont peu à peu les séparer puisqu'ils ne peuvent arriver à bout de l'énigme de la mort. Ces deux personnes qui s'ennuyaient se sont trouvées, mais ils sont dans l'attente d'un dénouement qui n'aura pas lieu. Leur couple est improbable, impossible et après leur premier baiser, ils se quittent, ils retournent à leurs vies ennuyeuses, pire Anne meurt moralement à la fin du roman.

Ce roman a été traduit dans le monde entier, c'est l'un des plus grands succès de Marguerite Duras. Elle l'a scénarisé avec Gérard Jarlot et il a été porté à l'écran en 1970 par Peter Brook.

Dans la même collection en numérique

Les Misérables
Le messager d'Athènes
Candide
L'Etranger
Rhinocéros
Antigone
Le père Goriot
La Peste
Balzac et la petite tailleuse chinoise
Le Roi Arthur
L'Avare
Pierre et Jean
L'Homme qui a séduit le soleil
Alcools
L'Affaire Caïus
La gloire de mon père
L'Ordinatueur
Le médecin malgré lui
La rivière à l'envers - Tomek
Le Journal d'Anne Frank
Le monde perdu
Le royaume de Kensuké
Un Sac De Billes
Baby-sitter blues
Le fantôme de maître Guillemin
Trois contes
Kamo, l'agence Babel
Le Garçon en pyjama rayé
Les Contemplations

Escadrille 80

Inconnu à cette adresse

La controverse de Valladolid

Les Vilains petits canards

Une partie de campagne

Cahier d'un retour au pays natal

Dora Bruder

L'Enfant et la rivière

Moderato Cantabile

Alice au pays des merveilles

Le faucon déniché

Une vie

Chronique des Indiens Guayaki

Je voudrais que quelqu'un m'attende quelque part

La nuit de Valognes

Œdipe

Disparition Programmée

Education européenne

L'auberge rouge

L'Illiade

Le voyage de Monsieur Perrichon

Lucrèce Borgia

Paul et Virginie

Ursule Mirouët

Discours sur les fondements de l'inégalité

L'adversaire

La petite Fadette

La prochaine fois

Le blé en herbe

Le Mystère de la Chambre Jaune

Les Hauts des Hurlevent

Les perses

Mondo et autres histoires

Vingt mille lieues sous les mers

99 francs

Arria Marcella

Chante Luna

Emile, ou de l'éducation

Histoires extraordinaires

L'homme invisible

La bibliothécaire

La cicatrice

La croix des pauvres

La fille du capitaine

Le Crime de l'Orient-Express

Le Faucon malté

Le hussard sur le toit

Le Livre dont vous êtes la victime

Les cinq écus de Bretagne

No pasarán, le jeu

Quand j'avais cinq ans je m'ai tué

Si tu veux être mon amie

Tristan et Iseult

Une bouteille dans la mer de Gaza

Cent ans de solitude

Contes à l'envers

Contes et nouvelles en vers

Dalva

Jean de Florette

L'homme qui voulait être heureux

L'île mystérieuse

La Dame aux camélias

La petite sirène

La planète des singes

La Religieuse

À propos de la collection

La série FichesdeLecture.com offre des contenus éducatifs aux étudiants et aux professeurs tels que : des résumés, des analyses littéraires, des questionnaires et des commentaires sur la littérature moderne et classique. Nos documents sont prévus comme des compléments à la lecture des oeuvres originales et aide les étudiants à comprendre la littérature.

Fondé en 2001, notre site FichesdeLectures.com s'est développé très rapidement et propose désormais plus de 2500 documents directement téléchargeables en ligne, devenant ainsi le premier site d'analyses littéraires en ligne de langue française.

FichesdeLecture est partenaire du Ministère de l'Education du Luxembourg depuis 2009.

Plus d'informations sur www.fichesdelecture.com

ISBN: 978-2-511-02968-8

Notes :